Le Petit Meaulnes

DU MÊME AUTEUR

Grammaire française et impertinente
Payot, 1992

Arithmétique appliquée et impertinente
Payot, 1993

Le Pense-Bêtes de saint François d'Assise
Le Pré-aux-Clercs, 1983 ; Payot, 1994

Peinture à l'huile et au vinaigre
Payot, 1994

Le Curriculum vitae de Dieu
Seuil, 1995

Le Pain des Français
Seuil, 1996

Sciences naturelles et impertinentes
Payot, 1996

Je vais t'apprendre la politesse, p'tit con
Payot, 1998

Il a jamais tué personne, mon papa
Stock, 1999

La Noiraude
Encore la Noiraude
Pas folle la Noiraude
Stock, 1999/2000/2001

Roulez jeunesse
Payot, 2000

J'irai pas en enfer
Stock, 2001

Mouchons nos morveux
Lattès, 2002

Jean-Louis Fournier

Le Petit Meaulnes

Stock

Comme je m'appelle Fournier, on me demande quelquefois si ce n'est pas moi qui ai écrit *Le Grand Meaulnes*.

Je suis bien obligé de répondre non, et chaque fois je sens que je déçois.

Pour cette raison j'ai décidé d'écrire *Le Petit Meaulnes*.

Maintenant, je peux dire : « Je n'ai peut-être pas écrit *Le Grand Meaulnes*, mais j'ai écrit *Le Petit Meaulnes*. »

Jean-Louis Fournier.

AVIS AUX LECTEURS

Les adorateurs du Grand Meaulnes seront peut-être choqués par certains passages de ce livre. Il faut qu'ils pardonnent au Petit Meaulnes, considérant qu'on ne se moque bien que de ce qu'on aime.

Il se moque de son grand frère mais il en est fier malgré tout. Ses railleries, ses exagérations, ses farces dissimulent mal la tendresse qu'il a pour son aîné et la compassion qu'il éprouve pour celui qui, après les oreillons, a attrapé le romantisme.

Cet ouvrage sera de toute façon une bonne occasion de lire ou relire Le Grand Meaulnes.

Quand on lit le titre *Petit Meaulnes* on croit d'abord à une énorme faute d'impression, un lapsus d'imprimeur ou pire, un jeu de mots provocateur destiné à faire rire.

Ce n'est pas le cas. Le Petit Meaulnes existe, je l'ai rencontré.

La première fois c'était à la page 11 du livre de poche *Le Grand Meaulnes*. Il y fait un passage furtif*. On apprend qu'il s'appelle Antoine, qu'il est le cadet du Grand Meaulnes et qu'il est mort jeune.

* *« Antoine, qui était mort un soir au retour de l'école après s'être baigné avec son frère dans un étang malsain. »*

La seconde fois, c'était dans les souvenirs qu'il a laissés. Parce qu'en réalité il n'est pas mort jeune, le Petit Meaulnes.

« C'est jamais drôle d'être le petit, à cause du grand qui est au-dessus », écrit le Petit Meaulnes. Il sait de quoi il parle, il a passé son enfance avec un grand frère surdoué, parfois surestimé, qui l'a physiquement et moralement étouffé.

« Quand il arrivait, j'avais l'impression de ne plus exister. Pourtant moi aussi j'avais des choses intéressantes à dire. »

Le Petit Meaulnes s'en est sorti parce qu'il avait une bonne nature et un bon sens paysan. Il a compris qu'il ne pourrait s'épanouir qu'en quittant une famille où il n'était ni accepté, ni aimé, sauf par son serin : « C'est le seul qui a l'air content quand je rentre à la maison. »

Cruel et tendre en même temps, comme savent être les enfants, le Petit Meaulnes nous livre ses souvenirs. Si le Grand Meaulnes n'en sort pas indemne, on ne peut pas dire qu'un esprit de vengeance anime le petit frère :

« Il ne faudrait pas croire que j'ai envie de me venger, parce que je l'aimais bien quand même. »

Son récit apporte un éclairage nouveau sur le personnage du Grand Meaulnes. Son déséquilibre mental, et sa funeste passion, enfin révélés, nous le rendent pathétique et encore plus proche. Et puis surtout, nous qui avons quitté le Grand Meaulnes jeune, partant vers de nouvelles aventures, nous avons l'énorme surprise de le retrouver quinquagénaire.

La révélation tragique de la fin de l'ouvrage nous oblige malgré tout à juger très sévèrement le Petit Meaulnes.

Peut-être serons-nous quelques-uns à penser que le Grand Meaulnes ne l'a pas volé…

Journal du Petit Meaulnes

Mardi 5 mars 1903

Ce matin, ma mère s'est penchée sur mon berceau et elle m'a fait une grimace.

Elle est partie ensuite se consoler en allant contempler son chef-d'œuvre, qui dort dans le lit à côté : Augustin.

Mon frère Augustin est gracieux et fin, moi je suis ce qu'on appelle un petit gros. Il a des jolis cheveux blonds qui ondulent comme des rubans d'or et nimbent son visage d'ange. Moi j'ai des cheveux très noirs et raides comme des baguettes de tambour, avec un épi au-dessus.

Déjà, pour se faire bien voir, Augustin fait des risettes à tout le monde.

Moi je hurle chaque fois que je vois un nouveau visage.

Ce n'est pas de ma faute si je suis moche. Elle n'avait qu'à pas me louper.

On m'a raconté que la première fois que ma mère m'a mis au sein et que j'ai commencé à téter, moi aussi j'ai fait une grimace, et j'ai tout recraché dans sa figure.

Mardi 12 avril 1903

Augustin a enfoncé son doigt dans mon oreille. La prochaine fois je lui enfoncerai mon doigt dans son œil.

Jusqu'à son cerveau.

Mercredi 12 septembre 1903

Augustin a déjà beaucoup de dents. Elles sont longues et pointues. Quand il rampe, elles rayent le parquet.

Moi, mes dents sont petites et en lait. Elles me font un peu peur, les dents d'Augustin.

S'il m'attaque, je ne peux pas me défendre.

Samedi 15 septembre 1903

On est samedi, jour de grande toilette. Notre mère a rempli un cuvier à lessive d'eau tiède. Comme il fait beau, elle le met dehors au soleil. On s'amuse bien avec Augustin, on tape dans l'eau, on s'éclabousse, on fait des bateaux. On se bat pour de rire.

Sauf aujourd'hui. Je ne me souviens plus de ce que j'ai fait à Augustin, il est très en colère, ses yeux jettent des éclairs noirs. Il m'a mis la tête sous l'eau. Pas pour s'amuser, je crois qu'il veut me noyer. Pour m'empêcher de remonter, il s'est assis sur ma tête.

Je ne peux plus respirer.

Je me débats et au bout d'un long temps je réussis à sortir ma tête de l'eau. Je suis tout rouge, j'ai avalé de l'eau avec du savon, je m'étrangle, je pleure.

Je ne veux plus prendre de bain avec Augustin.

Lundi 25 décembre 1903

Pour Noël, Augustin a eu une biche en caoutchouc et moi un ours en peluche. Tous les soirs on s'endort avec nos animaux.

Mon ours est très doux, il a des yeux tout ronds. Sa biche a l'air un peu pimbêche.

Mercredi 10 janvier 1904

Maintenant je parle, moins bien qu'Augustin mais je parle.

Hier j'ai dit :

« Quand je serai grand. »

Augustin m'a dit :

« Tu ne seras jamais grand. C'est moi le Grand Meaulnes. »

Mercredi 24 janvier 1904

Augustin m'a mordu la tête, je lui ai arraché une poignée de cheveux.

Ça fait un trou rose sur son crâne, c'est bien fait.

Vendredi 3 mars 1904

Augustin a arraché un œil à mon ours, j'avais croqué la queue de sa biche.

Lundi 12 avril 1907

Aujourd'hui Augustin a sept ans.

Il a pas réussi à souffler toutes les bougies, il n'en a éteint que cinq. C'est moi qui ai soufflé les deux dernières.

Après le gâteau, notre mère a parlé de la naissance d'Augustin. L'accouchement a été particulièrement difficile, la sage-femme a mis plus de trois heures à le sortir. Sa tête était trop grosse.

J'ai failli dire : « Déjà. » Je ne l'ai pas dit, je ne voulais pas être puni, surtout qu'il restait encore du gâteau.

J'ai appris aussi que le jour où je suis né, mon frère Augustin, âgé de deux ans, a piqué une grosse colère. Il m'a regardé avec un œil méchant. Comme s'il était jaloux, comme si j'allais prendre sa place. Si je suis encore en vie, c'est grâce à ma nourrice.

Elle a retiré des mains d'Augustin une lourde casserole de cuivre. Il voulait me casser la tête.

Mardi 12 mai 1907

Augustin a mis mon ours sur la cuisinière, il est tout roussi.

La prochaine fois je mettrai sa biche dans le four.

Vendredi 15 juin 1910

Quand nous allons nous promener tous les deux, notre mère demande à Augustin de toujours me tenir par la main.

Il en profite pour me faire mal. Il me tord le bras, il me pince, il rentre ses ongles dans ma peau.

J'aime pas aller me promener avec Augustin.

J'aime pas la main d'Augustin. Elle est rose, elle est molle, elle est humide.

Comme une escalope.

Samedi 15 mars 1911

Pourquoi a-t-on appelé Augustin le Grand Meaulnes ? Était-il aussi grand que ça ?

On a beaucoup exagéré, il est certainement plus grand mort que vivant.

À dix ans, il mesurait 1,30 mètre au garrot, ce qui n'est pas exceptionnel.

Il paraissait grand parce qu'il était bâti comme une bouteille de vin d'Alsace et il avait de longs abattis.

Ce qu'il avait de plus grand, c'était ses pieds. Il chaussait du 44.

Je ne l'ai pas oublié, c'était moi qui héritais de ses chaussures et je faisais du

38. Je devais les bourrer de journaux pour pouvoir marcher.

Le soir, à l'heure où les biches vont boire et où les ombres s'allongent, il aimait déclamer, devant l'étang, debout sur une souche, qu'il était le plus grand du monde. Il désignait sur l'eau, à côté de ma petite ombre, la tache sombre de son ombre démesurée.

Un jour, il a glissé sur la souche.

Il s'est cassé la gueule dans l'eau, le Grand Meaulnes.

Jeudi 25 mai 1911

J'ai traité Augustin de Grande Andouille.
Il m'avait traité de petit saucisson.

Vendredi 15 juillet 1911

Mon frère et moi, on couche dans la même mansarde. Nous n'avons qu'une lampe à pétrole, elle est pour lui. Il la laisse allumée toute la nuit.

Il ne me l'a jamais dit, je crois qu'il a peur du noir.

Lundi 18 juillet 1911

Augustin rêve beaucoup.

Le matin, il me raconte ses rêves. Ce sont toujours des rêves extraordinaires, avec des châteaux et des princesses très belles.

La nuit dernière, il a enlevé à cheval une princesse qui était prisonnière dans son château. Son père voulait la marier avec un vieux. Elle refusait, elle était amoureuse d'Augustin.

Le père l'a fait poursuivre par des cavaliers pour le tuer. Mais le cheval d'Augustin est plus rapide, ils n'ont pas réussi à les rattraper.

Moi aussi je rêve, mais pas pareil.

La nuit dernière, j'ai rêvé que j'étais à table devant une assiette de nouilles. J'avais très faim mais je n'arrivais pas à manger. Chaque fois que j'approchais ma fourchette, les nouilles se sauvaient de mon assiette et elles se tortillaient par terre comme des serpents.

J'ai passé toute ma nuit à quatre pattes à essayer de les attraper.

Jeudi 1er août 1911

J'ai lu dans un cahier de poésie, un poème qu'Augustin a écrit à onze ans.

Sous un ciel noir, de désespoir,
Les fleurs tendent leurs calices diafanes.*
Elles boivent les larmes de la nuée,
pour que jamais elles ne se fanent.

Ainsi, mon chagrin mes peines et mes pleurs
seront peut-être un jour
l'engrais de mon bonheur.

* Augustin n'a jamais été très fort en orthographe.

Vendredi 26 septembre 1911

Augustin dit qu'il a plus de sensibilité que moi. Pour le prouver, il a inventé le test du buvard.

On s'assoit tous les deux devant une table, sur laquelle on a posé à plat un morceau de buvard, juste en dessous de notre figure. Maman doit nous lire une histoire triste.

Après, on regarde les buvards, on mesure la tache faite par les larmes. Celui qui a fait la plus grande tache est le plus sensible.

Je ne crois pas que ce soit vrai parce que la sensibilité ce n'est pas une affaire de larmes, ça se passe à l'intérieur.

L'histoire que notre mère nous lit est très triste. Je me souviens du petit garçon qui s'est caché dans le cercueil de sa maman. Il ne veut pas la quitter, il refuse de sortir quand on met le couvercle sur le cercueil.

Moi, ça ne me fait pas du tout pleurer cette histoire, je trouve ça exagéré.

J'aurais plutôt envie de rire.

Augustin au contraire s'est mis en condition. Il a enfoui son nez dans son mouchoir.

Il a encore gagné, il gagne toujours. Je suis sûr qu'il triche, mais je ne sais pas comment.

Un jour, j'ai compris.

Il a fait tomber par terre un oignon.

Lundi 5 octobre 1911

Hier soir Augustin m'a montré son robinet. Il en est fier. Pourtant il est petit, sûrement plus petit que le mien, même quand il tire dessus.

J'ai proposé qu'on les mesure, Augustin a dit non.

Je sais pourquoi, il a peur de perdre.

Puis il a mis la main sur son cœur, il a fermé les yeux, et il a déclaré gravement : « Le zizi, il n'y a pas que ça dans la vie. »

Mardi 3 novembre 1911

J'ai fait tomber mon goûter dans le caniveau. Je ne vais pas pouvoir le manger, il est plein de boue.

J'ai faim.

Augustin m'a donné une tartine de son goûter. Il m'a donné la tartine du dessus, celle où il n'y a pas de beurre et moins de confiture.

C'est quand même bien de sa part, il était pas obligé.

Samedi 14 novembre 1911

Comme tous les enfants, on a eu la scarlatine, la varicelle et la rougeole.

Augustin, qui veut toujours faire mieux que les autres, a attrapé en plus les oreillons.

C'est une maladie assez rare, une maladie des glandes. Elle s'attaque à toutes les glandes, depuis les petites glandes lacrymales jusqu'aux grosses glandes des garçons.

Si elle s'attaque à ses glandes lacrymales, Augustin va toujours perdre au test du buvard. Si elle s'attaque à ses grosses glandes, c'est encore plus grave, il ne pourra jamais avoir d'enfant.

Heureusement, la maladie n'a attaqué que les glandes de la gorge.

Après, Augustin a attrapé le romantisme.

Dimanche 21 mars 1912

Je me suis levé cette nuit pour aller faire pipi. La lampe est allumée sur la table de nuit. Augustin ronfle.

En passant près de son lit, je vois qu'il serre quelque chose dans ses bras, je soulève le drap. Augustin dort avec sa biche, à 12 ans.

Je ne le dirai jamais à personne. Je ne veux pas qu'on se moque de lui.

Moi, il y a longtemps que je ne dors plus avec mon ours. Maintenant, j'ai un petit chat. Un vrai.

Mercredi 14 avril 1912

Augustin disparaît des jours entiers. Il s'évade dans la campagne.

On tremble quand il part, on a toujours un peu peur qu'il ne revienne pas le soir.

Il a l'air bizarre quand il rentre. Il nous raconte qu'il a parcouru des kilomètres, la tête dans les nuages, le nez dans le vent.

Il cherche quelque chose, mais il ne sait pas quoi. Il renifle comme les cochons qui cherchent des truffes.

Peut-être qu'il cherche des truffes dans le ciel ?

En tout cas il ne trouve rien. Il a toujours l'air aussi malheureux quand il rentre. Il monte dans notre chambre, il s'affale sur son lit.

Il dit qu'il est ivre de vent.

Dimanche 18 juin 1912

Chaque année, il y a la fête à la Ferté-d'Anguillon. On y voit de tout, des jongleurs, des cracheurs de feu, des tatoueurs, des diseuses de bonne aventure, une femme à barbe, l'homme le plus gros du monde, une vertèbre de dinosaure, un embryon dans le formol.

Toute l'année on fait des économies, mais ce jour-là on dépense tout. Moi, mon argent sert surtout à acheter des friandises, des pommes d'amour, du nougat, de la barbe à papa. Augustin, d'habitude, le dépense pour connaître son avenir.

Mais comme on ne lui prédit jamais qu'il va être célèbre, il a arrêté.

Cette fois-ci, il a voulu se faire tatouer. On lui a montré différents modèles de tatouages, une rose, un aigle, une biche, une caravelle, un cœur…

Il a choisi le cœur. C'était le moins cher.

Le tatoueur lui a demandé s'il fallait mettre des initiales dans le cœur. Augustin, gêné, n'a pas répondu.

Je lui ai dit : « T'as bien fait de choisir un cœur, au moins tu en auras un à l'extérieur. Tu pourras le montrer à tout le monde, comme le Sacré-Cœur. »

Lundi 19 juin 1912

J'ai traité Augustin d'asperge pourrie. Il m'avait traité de boule puante.

Dimanche 25 juin 1912

C'est dimanche, on va manger du poulet à midi. Je ne me réjouis pas trop vite. Comme d'habitude Augustin aura le blanc et moi le croupion à sucer.

C'est pas juste la vie...

À table, on lui donne toujours ce qu'il y a de meilleur.

À la fin du repas, on ne lui demande jamais de débarrasser. C'est toujours moi qui le fais. Lui monte dans notre chambre écrire des poèmes.

Samedi 1er juillet 1912

Je sais pourquoi Augustin ne sera jamais heureux. Il ne se contente pas de ce qu'il a. Il veut toujours du nouveau. Enfer ou ciel qu'importe.

Les petits bonheurs de tous les jours, il n'en veut pas. Il lui faut le grand bonheur. Il n'a pas encore compris que le grand bonheur, c'est justement fait avec tous les petits bonheurs mis bout à bout.

Notre mère dit que c'est à cause de son romantisme. Je crois qu'elle en est très fière. Je ne comprends pas. Comment peut-on être fier d'une maladie ?

En tout cas, moi je suis bien content de ne pas l'avoir attrapé.

Le romantisme c'est dangereux. On peut en mourir.

Avec cette mauvaise habitude de toujours regarder le ciel et de ne pas s'occuper de ses pieds, on risque, un jour, de se casser la gueule.

Dimanche 2 juillet 1912

Augustin a dit :
« Plus tard je serai illustre. »
Il a ajouté :
« Toi aussi, Antoine, tu seras illustre.
Tu seras un illustre inconnu. »

Dimanche 10 juillet 1912

Faut que je me lève, j'ai oublié de cirer les chaussures d'Augustin, je vais encore me faire engueuler.

Il me fait décrotter ses bottines et les cirer, il n'hésite pas à m'humilier quand elles ne brillent pas assez. Il m'oblige à faire son lit.

Je ne devrais pas accepter, je devrais me rebeller. C'est facile à dire. D'abord, je suis le petit, le plus faible et Augustin est violent. Et je ne peux pas compter sur ma mère pour me défendre.

J'ai le sentiment d'avoir toujours été le domestique de mon grand frère.

J'étais comme Cendrillon. Sauf que moi, j'avais pas de marraine.

Mercredi 12 juillet 1912

En classe, j'ai de meilleures notes qu'Augustin.

En arithmétique, il est nul. Il ne comprend rien.

Combien de fois je lui ai terminé ses problèmes. Je vais plus vite à les faire qu'à essayer de lui expliquer.

En français, il se débrouille, sauf en orthographe. Il sait faire des longues phrases avec plein d'adjectifs et plein de mots compliqués. On ne comprend pas toujours ce que ça veut dire. Il dit que c'est de la poésie, alors l'instituteur lui fout la paix.

Je me souviens d'une phrase qu'il avait écrite dans son cahier de poésie :

« La biche pleure dans l'étang que le soleil couchant empourpre. »

Un jour j'étais en colère contre lui, j'ai barré le mot *pleure*, j'ai écrit à la place : *a vomi*.

Vendredi 14 juillet 1912

Le soir très tard, quand je tombe de sommeil, il me bassine avec les poèmes qu'il a écrits dans la journée.

Ce sont toujours des poèmes d'amour. Il les écrit en pensant à des filles qu'il a croisées.

Dans ses poèmes, les jeunes filles se transforment en fleur, en flamme, en lampe, en oiseau, en biche…

Il me demande mon avis. J'ai pas d'avis, seulement envie de dormir.

J'ai intérêt à m'endormir avant lui.

Il ronfle très fort, le Grand Meaulnes.

À cause de ses végétations.

Mercredi 20 septembre 1912

Il y a un piano dans le salon, Augustin joue toute la journée.

Le pire, c'est qu'il ne sait pas jouer.

Il joue toujours la même chose, le début de la *Toccata en ré mineur* de Jean-Sébastien Bach et le début de la *Symphonie inachevée* de Schubert. Il ne joue que les débuts parce qu'il ne connaît pas la suite. J'ai longtemps cru que la *Symphonie inachevée* durait deux minutes.

Les débuts, je les connais par cœur. Je pourrais les siffler, avec toutes les fausses notes, il nous les a joués des milliers de fois.

À cause de lui je déteste le piano.

Jeudi 21 octobre 1912

Ça y est, c'est arrivé.

À force de marcher la tête en l'air, de regarder le ciel et de ne pas s'occuper de ses pieds, Augustin est tombé.

Il a failli se noyer dans une fosse à purin.

Notre mère a beau le frictionner à l'eau de Cologne, ça ne sent pas la rose dans notre chambre.

Il n'ose plus me traiter de boule puante.

Dimanche 24 novembre 1912

Le Grand Meaulnes n'aime pas se déshabiller devant les autres. Je crois avoir deviné pourquoi.

Notre mère a l'habitude de demander à la couturière, une femme du village qu'on surnomme « la Muette », de nous tricoter des caleçons en coton perlé.

Pour qu'ils durent plus longtemps, la Muette les fait toujours trop grands.

Ils pendent à l'entrejambe.

Comme la grand-voile qui faseye le long du mât quand le vent tombe, écrirait Augustin le poète.

Hier soir, j'ai été pris d'un fou rire dans notre chambre.

Augustin me récitait un de ses poèmes d'amour. Il était en sous-vêtement au milieu de la pièce. Il a cru que je me moquais de son poème, il s'est mis très en colère.

C'était pas son poème qui me faisait rire.

C'était son caleçon.

Dimanche soir

Augustin m'a traité de petit trou du cul. Je lui ai répondu : « C'est pas joli de dire ça pour quelqu'un qui veut faire poète. »

Jeudi 28 janvier 1913

Augustin passe des heures dans la salle de bains. Il se bichonne, comme une fille.

Il se met de l'eau sucrée sur ses cheveux pour les faire friser.

Il essaie des lavallières pour ressembler à Byron.

Hier, il n'avait pas fermé la porte de la salle de bains. Je suis entré sans frapper. Augustin était en train de se maquiller, il se mettait du noir autour des yeux.

Vendredi 24 mars 1913

Quand Augustin regarde le ciel, on dit qu'il contemple l'infini.

Moi, quand je regarde le ciel, on dit que je compte les mouches.

Jeudi 30 mars 1913

Augustin est inquiet.

Il caresse son menton tout le temps pour savoir si sa barbe pousse. Et elle ne pousse pas. Il est d'autant plus inquiet que moi je commence à en avoir. Il m'a demandé : « Comment t'as fait ? »

Je lui ai dit : « Pour que ça pousse, il faut se mettre sur la figure du caca de pigeon. Tu vas dans le pigeonnier, tu t'assois par terre, tu lèves la tête, tu fermes les yeux et tu attends. »

Il m'a arrêté tout de suite.

« Non merci, c'est pas le genre du Grand Meaulnes de se faire chier sur la gueule. »

Dimanche 25 mai 1915

Depuis un mois nous préparons la fête des mères. Chaque année nous faisons un cadeau commun et chacun de son côté, nous écrivons une poésie pour notre mère.

Cette année, le cadeau est une lampe, une biche en terre cuite. Elle a un abat-jour sur la tête. On l'a achetée à la boutique de cadeaux de Vierzon. C'est Augustin qui a choisi la biche.

Pour la poésie, Augustin a écrit un poème avec des alexandrins. Moi j'ai écrit un tout petit poème.

Maman a été très contente de la biche, elle l'a trouvée très belle.

Elle a dit qu'elle allait la mettre sur sa table de nuit. Puis elle a lu nos poèmes.

Elle a trouvé très beau le poème d'Augustin :

Chaque jour, ô mère, tu te lèves comme le [soleil.
Tu viens dans ma chambre où je [sommeille.
Tu me prends dans tes bras, je me [réveille.
Et je me dis, ô mère, que ma vie est [merveille.
Chaque soir, ô mère, tu te couches [comme le soleil,
Je pense à toi et l'obscurité disparaît,
La nuit, tu es ma lampe de chevet.

Du mien elle a simplement dit, en riant : « Toi, tu t'es pas fatigué. »

C'est vrai, c'était un petit poème de rien du tout, mais avec des rimes quand même.

Maman je te fais un gros bisou
Dans le cou,
Parce que je t'aime beaucoup
Voilà tout.

Mardi 27 mai 1915

Cet après-midi, maman nous a conduits chez le photographe. Nous avions été chez le coiffeur et nous avions mis notre costume du dimanche. Augustin est très content, moi pas du tout, j'ai horreur qu'on me prenne en photo.

Le photographe nous a installés dans son studio. Sur le fond, il a tendu une grande toile peinte qui représente un grand bassin avec un jet d'eau. Devant la peinture il y a une balustrade en fausse pierre.

Le photographe met très longtemps à régler ses lumières.

J'ai envie de faire pipi. Augustin me souffle : « T'as qu'à pisser dans le bassin. »

Le photographe nous place devant la balustrade, il nous demande de nous appuyer dessus et de faire semblant de regarder au loin, l'horizon. Augustin fait cela très bien, le photographe le félicite. Moi je fais ça moins bien, il trouve que je me tiens mal.

J'ai de plus en plus envie de faire pipi.

Notre mère nous regarde, je sens qu'elle est gênée pour moi. Elle me fait signe de raplatir mon épi. Elle m'ordonne de sourire, avec un air qui me donne envie de pleurer. Elle ajoute : « Regarde ton frère, fais comme lui. »

Va-t-elle comprendre un jour que je ne suis pas mon frère, et que pour rien au monde je ne veux lui ressembler ?

Quand le photographe a appuyé sur la poire, j'ai tiré la langue, pour que la photo soit loupée.

9 heures du soir

Je n'arrive pas à dormir. Je suis inquiet. Augustin n'est pas rentré.

Deux heures plus tard

Augustin est rentré, il m'a réveillé. Il ne se déshabille pas, il a l'air énervé ; il fait les cent pas dans la chambre, comme un tigre dans une cage.

Je n'ose pas lui parler. Je n'ai pas envie de me faire dévorer.

Jeudi 29 mai 1915

En jouant dans la cave on a trouvé une petite bouteille, très vieille. Elle est remplie d'un liquide doré, elle est fermée par un cachet de cire. Augustin l'a ouverte avec le tire-bouchon de son couteau. Il a senti et il m'a fait sentir. Ça sent fort mais bon.

Augustin a goûté, il a toussé un peu, puis il a regoûté. Il a l'air de trouver ça très bon.

J'en voudrais bien moi aussi, mais il garde la bouteille, il continue à boire.

Augustin a une drôle de tête, il est tout rouge, ses yeux brillent, il rit pour rien, il parle fort, il récite des poèmes, il chante des cantiques en latin, il dit des bêtises et il brame comme un cerf.

À un moment, il me prend par le cou, il veut m'embrasser. Il dit : « Tu es mon frère à la vie à la mort. » Quand il me passe la bouteille, elle est vide.

Il ne marche plus très droit. Il tombe et ne se relève pas.

Maintenant il ronfle.

Il est bourré le Grand Meaulnes.

C'est sa première cuite. Pas la dernière...

Vendredi 30 mai 1915

Augustin a gagné le premier prix de poésie de l'école.

Poème d'Augustin

Viens verser dans la coupe de mon cœur
Le doux breuvage de ta beauté
Viens verser dans la coupe de mon cœur
Le vin nouveau de ta jeunesse
Viens verser dans la coupe de mon cœur
L'élixir qui rend éternel.

Il n'y a pas qu'Augustin qui écrit, moi aussi j'écris des poèmes, mais j'ai jamais de prix.

Hier, j'ai écrit un poème pour mon chat, j'ai pas mis de mots compliqués, pour qu'il comprenne.

Pour Minou

En haut t'as deux petits clochers bien
droits, qui écoutent tout ce qu'on dit.
En dessous t'as deux vitraux verts,
qui regardent tout ce qui se passe.
En bas t'as quatre colonnes doriques ou
corinthiennes qui te font tenir debout.
T'es beau minou, t'es beau comme une
cathédrale.

Dimanche 1er juin 1915

Augustin adore déboucher les éviers. C'est son violon d'Ingres.

Ça commence à se savoir dans le village, on l'appelle dès qu'il y a un évier bouché.

Il se précipite à n'importe quelle heure du jour et de la nuit. Il démonte les éviers, les lavabos, et il nettoie l'intérieur des tuyaux, même quand ils ne sont pas bouchés.

Le docteur a dit à maman que c'est un des symptômes du romantisme.

Il lui a expliqué que le romantique se prend parfois pour de l'eau vive, pour un torrent jaillissant qui bondit dans la montagne au milieu des rochers. Il ne supporte pas l'idée que l'eau courante ne puisse pas courir comme elle veut. Quand il voit un tuyau bouché, il s'imagine prisonnier à l'intérieur et il est pris d'une sensation d'étouffement terrible. Il respire mieux lorsqu'il a débouché le tuyau et que l'eau circule librement.

Le docteur a dit qu'elle devrait en profiter pour en faire un plombier. Maman a été vexée, elle imagine mal Augustin en plombier zingueur. Elle a d'autres ambitions pour le Grand Meaulnes, elle voudrait qu'il soit poète.

C'est plutôt moi qu'elle verrait plombier. Mais je n'ai pas du tout envie d'être plombier. Je suis normal, moi, je ne me prends pas pour de l'eau. Je voudrais être menuisier. Comme ça, je pourrais faire des cercueils pour enfermer dedans les gens que je n'aime pas.

Mardi 3 juin 1915

Augustin m'a traité de crotte fumante. Je l'ai traité de chicon mou.

Dimanche 8 juin 1915

J'ai gagné un serin à la tombola de l'école.

Je m'occupe de lui, je mets des graines, je change son eau, je nettoie sa cage une fois par semaine. Augustin le méprise, il n'aime que son paon, un oiseau qui la ramène, comme lui.

Moi, mon serin il est pas fier. Il est peut-être pas très beau, il ne fait pas la roue, mais il est très gentil et il me reconnaît. Il siffle quand j'arrive.

C'est le seul qui a l'air content quand je rentre à la maison.

Lundi 9 juin 1915

Une fois par an, le docteur vient à l'école pour faire la grande visite médicale.

Hier, le docteur s'est aperçu qu'Augustin voyait mal. Il voit flou.

Il l'a envoyé chez l'opticien qui lui a fabriqué des lunettes pour qu'il voie net.

Le jour où Augustin a essayé ses lunettes, il a regardé autour de lui, longtemps. Il avait l'air déçu.

Maman s'est approchée, lui a demandé ce qu'il avait. Il a simplement répondu : « C'était mieux avant. »

Puis, de colère, il a jeté ses lunettes par terre et les a piétinées en disant :

« Le monde est laid, vous êtes tous moches. »

Le docteur a expliqué à maman que c'était encore un symptôme du romantisme.

Le romantique n'aime pas la réalité, il veut la fuir. Il se réfugie dans ses rêves, il n'aime que les divagations de son esprit malade, les fantasmagories qu'il invente. Il ne supporte la réalité que si elle est floue et indécise comme dans ses rêves.

« Que faire ? a alors demandé notre mère.

– Vous pouvez essayer de mettre de la vaseline* sur ses verres de lunettes », a répondu le docteur gravement.

* La vaseline est utilisée par certains cinéastes pour donner un peu de poésie à ce qui en manque. On en a beaucoup usé pour le film *Le Grand Meaulnes*.

Vendredi 13 juin 1915

Mon serin s'est envolé.

Je suis sûr que c'est un coup d'Augustin.

Je vais aller plumer son paon.

Samedi 14 juin 1915

Augustin m'a réveillé, il vient de rentrer d'une de ses virées. Il est très tard, au moins minuit.

Il est bizarre, il parle beaucoup mais je ne comprends pas ce qu'il dit.

Il ne s'adresse pas à moi. Il parle à la chaise qui est recouverte de mes vêtements.

Je me rends compte qu'il est ivre.

Pas seulement de vent.

Dimanche 15 juin 1915

Le paon d'Augustin ne se laisse pas faire, il est très méchant. Il m'a griffé le bras et il m'a pincé le nez.

J'ai quand même réussi à lui arracher une grande plume de sa queue.

Quand il a vu son paon, Augustin m'a traité de grosse poule au pot.

Moi je l'ai traité de coq au vin, en souvenir d'hier.

Vendredi 27 juin 1915

« Je veux être le seul à m'appeler Meaulnes », a déclaré Augustin. « D'abord quand on dit *Meaulnes* tout le monde pense à moi, personne ne pense à toi. »

Cette remarque d'Augustin m'a laissé longtemps songeur. Il veut me prouver que, finalement, je n'existe pas.

C'est peut-être vrai.

Dans la famille je suis le cadet, et pour maman, le cadet de ses soucis.

À l'école, quand on dit *Meaulnes* on ne pense jamais à moi. Les filles ne me regardent pas.

Je suis pourtant sûr que j'existe. À la pesée de la visite médicale, quand je monte sur la balance l'aiguille bouge, pas beaucoup mais quand même jusqu'au chiffre 35.

Pour la balance j'existe, je pèse mon poids.

J'existe certainement mais je suis moins qu'Augustin. Je suis moins grand, je suis moins lourd, je parle moins, on me connaît moins mais je ne suis pas rien.

Il se passe des choses dans ma tête. Seulement moi les choses de ma tête, je les garde. Pas comme lui.

Je ne demande pas qu'on m'appelle le Grand Meaulnes. Le Petit Meaulnes, ça me suffit.

Même Molno, ça ne me dérange pas.

Je viens de relire le début de mon journal. Je m'aperçois que finalement je parle plus d'Augustin que de moi.

C'est normal, moi il ne m'arrive jamais rien, il n'y a rien à raconter.

C'est pas comme Augustin…

La disparition d'Augustin

Mardi 10 avril 1916

Ce qu'on craignait depuis longtemps est arrivé, Augustin n'est pas rentré d'une de ses grandes promenades dans la campagne.

On est bien inquiets à la maison. Maman est comme folle. Moi je suis triste.

Hier, il a emprunté une carriole et la jument à la ferme de la Belle-Étoile pour aller chercher à la gare le grand-père et la grand-mère Charpentier.

Il n'a jamais été à la gare.

Depuis on ne l'a pas revu.

Je ne voudrais pas qu'il soit mort, c'est mon grand frère quand même.

On a prévenu les gendarmes. Des chasseurs avec leurs chiens fouillent les taillis, les pêcheurs sondent les étangs.

J'espère qu'il ne lui est rien arrivé…

Le mercredi 11 avril

On a retrouvé la carriole et la jument sur un chemin, à cinq kilomètres du village. Pas de trace d'Augustin.

Monsieur Fromentin, le propriétaire de la voiture et de la jument, est rassuré.

Pas nous.

Néanmoins, il est préoccupé de la disparition d'un petit fût d'eau-de-vie de prune, qui se trouvait à l'arrière.

Jeudi 12 avril

Ce matin très tôt, un pêcheur a vu au milieu de l'étang quelque chose qui flottait.

À cause de la brume on ne pouvait pas savoir ce que c'était. On a dû aller chercher une barque au village. Pour l'apporter ici, il a bien fallu deux heures. Deux gendarmes sont montés dedans et ont ramé jusqu'au milieu de l'étang. C'était long d'attendre.

Quand les gendarmes sont arrivés au milieu de l'étang, ils se sont arrêtés près de la chose qui flottait. On ne voyait pas très bien ce qu'ils faisaient, je crois qu'il y en a un qui a pris un bâton pour retourner la chose. Ils sont restés longtemps penchés sur l'eau à regarder.

La barque a fait ensuite demi-tour pour revenir au bord, ça a duré longtemps.

Ils ont accosté sans rien dire, tout le monde attendait dans le silence.

Alors le plus gradé des gendarmes a pris la parole. Il a dit : « Nous avons examiné la chose qui flottait dans l'étang, il s'agit d'un cadavre… »

Là il a mis un temps, comme un comédien qui veut faire son effet, il a ajouté : « de cerf ».

Nuit du 13 avril

En pleine nuit, la chienne de notre voisin s'est mise à hurler à la mort.

Je suis descendu dans le jardin avec une lanterne. Il n'y avait rien, ni personne. J'ai calmé la chienne mais elle s'est remise à pleurer.

Je crois qu'elle était très liée avec le cerf.

Samedi 14 avril, le matin

Je me promène dans la campagne, il fait très froid, les arbres sont couverts de givre.

Ça me fait tout drôle de penser que je ne reverrai peut-être plus jamais Augustin.

J'entends du bruit dans une grange. J'approche tout doucement, j'écoute. On dirait un grognement, peut-être un cochon…

J'ouvre la porte avec précaution. Il fait sombre, les ronflements semblent venir d'un tas de paille.

J'avance doucement vers le tas de paille.

Ce n'est pas un cochon, c'est le Grand Meaulnes. Il ronfle à côté d'un petit fût. Il pue l'alcool *.

Une heure plus tard

J'ai enfin réussi à réveiller Augustin.

Il a mis une bonne heure pour reprendre ses esprits. J'ai dû aller chercher de l'eau au puits pour lui mouiller la tête.

Augustin, réveillé, veut m'embrasser, il me dit qu'il est mon frère à la vie à la mort et se met à divaguer. Il me raconte, d'une voix pâteuse, une histoire sans queue ni tête.

Il a découvert un domaine mystérieux, il a été invité à une fête étrange. Les

* À la page 88 de son roman *Le Grand Meaulnes*, l'auteur suggère l'état éthylique de son héros à son retour de l'étrange fête.

« Ah ! non, cria le voiturier. Il ne faut pas vous endormir là. Il fait trop froid. Allons debout, marchez un peu… »

« Vacillant comme un homme ivre, le grand garçon, les mains dans ses poches, les épaules rentrées, s'en alla lentement sur le chemin de Sainte-Agathe… »

invités étaient en costume d'époque, il a rencontré une jeune fille très belle. La mariée n'est pas venue, alors le marié, qui s'est retrouvé seul, est parti…

Il a le regard fixe, il parle comme un livre. Il s'interrompt parfois en affirmant qu'il n'est pas fou.

J'ai envie de lui dire : « Augustin, quand vas-tu atterrir ? »

Deux heures plus tard

Voyant qu'il reste dans les nuages, j'essaie de ne pas le contredire, je le laisse continuer.

Malgré l'envie que j'ai de rire, j'écoute avec le plus grand sérieux. Je fais semblant de m'intéresser, j'acquiesce tandis qu'il déraisonne, je lui pose même des questions, je lui demande les noms des personnages de sa fantasmagorie. Imperturbable, il me nomme Yvonne de Galais, Frantz de Galais. Des noms que je n'ai jamais entendus, qu'il a dû inventer.

Il veut retourner à la fête, retrouver les personnages de son délire. J'ai beaucoup de mal à le convaincre de me suivre à la maison.

Je lui fais remarquer que sa tenue laisse à désirer, il a de la paille dans les cheveux, son vêtement est fripé. Plus grave, il a vomi sur son jabot.

Je promets de l'accompagner ensuite à la fête. Il accepte finalement de passer à la maison pour se changer.

Il exige d'emporter son petit fût.

L'après-midi

Notre mère l'accueille avec des larmes de joie, et bientôt de tristesse quand elle s'aperçoit qu'il pue l'alcool et surtout qu'il n'a plus sa tête. Augustin veut repartir à sa fête, puis tombe dans un état d'hébétude et s'endort profondément.

Maman en profite pour appeler le médecin.

Nous lui racontons tout ce qui s'est

passé. Je rapporte mot pour mot les phrases d'Augustin. Le docteur hoche la tête, l'air soucieux.

« La situation est sérieuse, je vais l'examiner. » Notre mère le précède dans la chambre.

Augustin se réveille et accueille le médecin par un « Bonjour Princesse » très inquiétant.

Augustin se laisse ausculter avec bonne grâce, il s'adresse au docteur.

Il lui parle comme s'il s'agissait d'un tailleur en train de prendre ses mesures.

« N'oubliez pas que c'est un habit de cérémonie. C'est pour un mariage, je veux être le plus beau. »

Notre mère interroge le médecin.

« Il nous fait une crise aiguë de romantisme avec hallucinations. J'espère que c'est une folie toxique, compte tenu de la quantité d'alcool qu'il a absorbée.

– Que faut-il faire ? demande notre mère.

– Attendre. S'il s'agit d'une folie toxique, les symptômes devraient disparaître rapidement.

– Sinon ? demande ma mère, anxieuse.

– Si les hallucinations continuent, il va falloir le mettre à l'asile. »

Le docteur a prononcé le mot gravement et il a posé la main sur son épaule, en geste de réconfort.

Notre mère est livide, elle chancelle. Elle s'agrippe aux rideaux pour ne pas choir.

Augustin, son fils chéri, son poète, en camisole de force, au milieu des aliénés qui bavent. L'image est insupportable, c'en est trop.

Elle s'effondre en entraînant les rideaux. La lourde tringle de cuivre manque d'éborgner le docteur.

J'ai envie de rire, mais je crois que ce n'est pas le moment.

Dimanche 15 avril, 11 heures

Augustin s'est réveillé, il a réclamé un lait de poule, il semble redevenu normal. À notre mère qui lui apporte son lait de poule, il demande de lui chauffer un bain. Notre mère reprend espoir, elle pense qu'il a retrouvé sa tête.

Mais il ajoute : « Je dois être le plus beau de la noce, pour faire honneur à Yvonne. »

Maman s'effondre à nouveau. Elle maudit cette Yvonne qui lui a volé son fils, cette créature née d'un esprit dérangé et qui sans doute n'existe pas.

J'essaie de ramener Augustin à la raison. Brutalement, je lui dis : « Tu commences à nous courir, avec ton Yvonne. »

Lundi 16 avril

Le médecin a décidé un placement en asile. Maman, la mort dans l'âme, a dû signer le certificat d'internement.

Nous avons demandé à monsieur Fromentin de nous prêter sa carriole et sa jument pour conduire Augustin à l'asile de Vierzon.

Pour le persuader de nous accompagner, il a fallu une fois encore lui mentir. Nous lui avons dit que nous le conduisions à la noce.

Il a voulu alors mettre sa redingote et sa chemise à jabot de dentelle. Il a exigé aussi un bouquet de fleurs pour la mariée. Et il a voulu emporter son petit fût.

Le voyage a été très triste. La nature était à l'unisson. Le vent gémissait, les arbres noirs tendaient leurs bras décharnés vers le ciel gris, il tombait une sorte de neige fondue que le vent poussait sous la capote de la carriole. Nous étions trempés et glacés.

Maman pleurait, moi je n'étais pas très gai, je sentais que j'étais en train de perdre mon unique frère. Malgré tout ce qu'il m'avait fait subir, j'étais triste.

Seul Augustin avait l'air heureux, il croyait qu'il allait à la fête, il riait aux anges, il faisait des signes d'intelligence aux corbeaux, sa joie faisait mal.

L'arrivée à l'asile fut un moment pénible. Le préposé qui devait enregistrer l'entrée d'Augustin se révéla être un homme grossier. Il se moqua de lui, de sa redingote, et lui confisqua son petit fût. Tout à son rêve, Augustin ne se rendait compte de rien.

Dimanche 22 avril

Tous les dimanches, monsieur Fromentin nous conduit à Vierzon.

Nous passons la journée à l'asile. Le docteur est optimiste, il pense qu'Augustin est en train de guérir. Il est plus calme, il ne délire plus, il écrit beaucoup mais refuse de faire lire ce qu'il écrit. Il dit que ce sont ses secrets.

Il passe aussi son temps assis devant la fenêtre, à regarder le parc. Il semble y voir des choses étonnantes. Il frémit, prononce des mots inintelligibles. Il est comme le chat endormi qui rêve d'oiseau. Sans doute revoit-il des scènes de sa fête étrange, peut-être la fameuse Yvonne*.

Il loge dans une chambre à deux lits. L'autre pensionnaire est un amnésique qui s'appelle Robert, il a perdu la mémoire après avoir reçu un cheval sur la tête. Il n'est ni méchant ni dangereux, il est doux, il joue aux dominos avec Augustin.

Robert ne se plaint pas de lui, sauf parfois la nuit. Quand Augustin se prend pour un cerf et qu'il brame.

* Qu'il prend d'ailleurs pour un oiseau page 77 du roman *Le Grand Meaulnes*.

« Elle était auprès de lui toute frémissante, comme une hirondelle un instant posée à terre et qui déjà tremble du désir de reprendre son vol. »

Lundi 23 avril

Les longues soirées d'hiver sont longues. Surtout l'hiver.

Maman est triste, elle s'ennuie de son Augustin.

Ma présence lui est une maigre consolation. Je ne parle pas beaucoup, je n'ai pas grand-chose à lui raconter.

Quelquefois je parle du temps. S'il fait beau, je dis : « Il fait beau, espérons que ça va durer. » S'il ne fait pas beau : « Il ne fait pas beau, espérons que ça ne va pas durer. »

Et on en reste là.

Avec Augustin c'était différent, il avait toujours des choses à raconter, des choses étonnantes. Il y en avait tellement que ça lui est monté à la tête, et qu'il est devenu fou.

Moi je ne risque pas de devenir fou, il n'y a pas grand-chose dans ma tête mais au moins c'est bien rangé, pas comme dans celle d'Augustin.

Le médecin a dit qu'il faudrait faire le ménage dans cette tête. En profiter pour jeter tout ce qu'il y a d'inutile.

Dimanche 6 mai, matin

Augustin va mieux.

Le docteur lui a donné l'autorisation de venir passer un dimanche à la maison. C'est sa première sortie depuis qu'il est interné.

Nous avons été le chercher avec la carriole de monsieur Fromentin. Pendant le voyage, Augustin ne dit rien. Il n'a pas l'air content de revenir à la maison, il boude. Peut-être parce qu'on a refusé d'emmener son petit fût.

En traversant la forêt, monsieur Fromentin a dû s'arrêter pour laisser passer des biches. Augustin ne les a pas regardées.

Maman a préparé un repas de dimanche avec un poulet plein de blancs et tout ce qu'Augustin aime.

Elle a sorti de la cave une très vieille bouteille de vin, si vieille qu'on n'arrive plus à lire l'étiquette. Le docteur a interdit l'alcool pour Augustin, mais c'est dimanche et une petite goutte ça ne peut pas faire de mal. Augustin ne se contente pas d'une petite goutte. Sans que maman ose l'en empêcher, il vide la bouteille.

Comme il est sevré depuis un moment, l'effet de l'alcool ne se fait pas attendre. Il devient tout rouge, énervé, il parle beaucoup, il se met à bramer, il dit des bêtises et il chante des chansons pas jolies : « *Je suis ton cerf, cerf, cerf, serre-moi fort, et faisons des bichons, ma biche...* »

J'essaie de le faire taire par respect pour maman qui écoute, horrifiée.

Mais il continue, en pire. « *Avec Yvonne de Galais je vais me régaler, Galais, Galais...* » Tous les moyens que j'utilise pour le faire taire se révèlent vains.

Soudain je vois sur la desserte une grosse casserole en cuivre.

Je me revois bébé, j'imagine Augustin. Il brandit au-dessus de mon berceau une casserole avec laquelle il veut m'écraser la tête.

Augustin continue à chanter des horreurs.

Alors je me saisis de la casserole et sans réfléchir, comme poussé par une force secrète, je l'assomme.

Sa chanson « *Viens ma bique, que je te nique, que je te nique...* » cesse brutalement.

Maman, livide, se précipite sur Augustin estourbi et inconscient, elle s'écrie : « Tu as tué le Grand Meaulnes ! »

J'espère que ce n'est pas vrai, sinon je serais bien embêté.

Augustin n'est pas mort, au contraire. Le docteur qui l'a examiné le trouve beaucoup mieux.

Il s'est simplement interrogé sur la grosse bosse qu'il a sur le crâne. Par délicatesse, maman n'a pas osé dire que c'était son frère qui lui avait donné un coup de casserole sur la tête.

Le docteur, qui a parlé longuement avec Augustin, a remarqué une vraie amélioration de sa santé mentale. Il pense que, si les progrès se confirment, on pourra envisager une sortie définitive de l'asile.

Il faut croire que le coup de casserole lui a remis les idées en place. Si Augustin délire à nouveau, j'ai de quoi le calmer…

Dimanche 6 mai, le soir

Le retour à l'asile se passe beaucoup moins bien.

À un moment, nous croisons un troupeau de biches. Augustin se met à bramer désespérément, il appelle toutes les biches Yvonne et veut sauter par-dessus bord pour aller les rejoindre.

Monsieur Fromentin doit lâcher les rênes pour le maintenir sur son siège. Maman enfouit son visage dans son châle pour cacher ses larmes, moi je baisse la tête et mords mes lèvres, pour ne pas rire.

Mais le pire est à venir.

Tout commence avec des sonneries de cor qu'on perçoit au loin. Augustin manifeste d'abord une certaine inquiétude, il regarde la forêt avec un air de bête traquée, il se retourne sans cesse pour voir s'il n'est pas suivi. À un moment il s'assoit sous la banquette et enfouit sa tête entre ses genoux, comme s'il voulait se cacher. Son inquiétude grandit quand nous croisons l'équipage, les piqueurs, les sonneurs, les cavaliers.

Quand il voit la meute, il est pris d'une véritable panique. Il se lève de son siège, tout en sueur et pâle, puis, sans que nous puissions le prévoir, saute par-dessus bord de la carriole et s'enfuit au galop dans les fourrés.

Les chasseurs doivent retenir les chiens excités qui veulent le courser.

Monsieur Fromentin, qui avait lancé sa jument, a beaucoup de mal à l'arrêter. Cela lui prend un certain temps. Quand nous descendons, Augustin est loin.

Malgré l'aide que nous apportent les chasseurs et les chiens, Augustin reste introuvable. Le soir commence à tomber sur la forêt et les recherches doivent s'interrompre.

Augustin va passer la nuit dehors. Heureusement nous sommes au printemps, le temps est doux. Je ne suis pas trop inquiet pour lui. Augustin a déjà passé des nuits à la belle étoile et en plein hiver.

Notre mère, encore une fois désespérée, se tord les mains en évoquant les dangers de la forêt la nuit. Elle parle du Petit Chaperon rouge. Il faut appeler un médecin qui lui administre un calmant.

Lundi 7 mai

Pas de nouvelles.

Malgré des recherches confiées aux gendarmes, Augustin reste introuvable.

La forêt garde son secret.

Notre mère dort encore, le calmant devait être très puissant.

Mardi 8 mai

Les gendarmes recueillent des témoignages. Un braconnier prétend avoir vu dans la forêt un individu qui enlaçait une biche et l'embrassait sur les babines. Mais le braconnier était ivre.

Sa déposition a beaucoup choqué les gendarmes qui, pourtant, en ont entendu d'autres.

Mercredi 9 mai, le matin

Notre mère s'est enfin réveillée.

Heureusement, parce que tout le monde était un peu inquiet, même le médecin qui se demandait s'il n'y avait pas été un peu fort avec le calmant.

Elle veut savoir si on a retrouvé Augustin. Quand elle apprend que non, elle pousse un soupir et retombe en léthargie.

La nuit

Trois jours après la disparition d'Augustin, en pleine nuit, un chemineau hirsute se présente à l'asile de Vierzon, il n'est pas seul.

Il est accompagné d'une biche et de ses bichons.

Le gardien n'a pas voulu le faire rentrer, l'enceinte du bâtiment est interdite au gibier. L'individu a insisté pour voir le médecin chef.

Le gardien refuse, il ne peut pas réveiller le médecin à cette heure.

Le chemineau lui remet une lettre et disparaît dans la nuit avec son équipage.

Jeudi matin

Le médecin chef trouve sur son bureau la lettre.

Cher Docteur,

Pardon tout d'abord pour cette absence qui a dû vous inquiéter. Les lignes qui suivent vous fourniront, sinon une excuse, au moins une explication.

Après avoir sauté de la carriole, je me suis enfui dans la forêt. Me pensant poursuivi par les chiens, j'ai couru un moment. Les bruits ayant cessé, je me suis assuré que je n'étais plus suivi et j'ai erré dans la forêt.

Un bruit très faible, comme des sanglots, a attiré mon attention, il venait des épais fourrés. À pas de loup, je m'approchai et j'eus devant les yeux un bouleversant spectacle.

Au milieu d'une petite clairière, une biche pleurait, ses bichons émus et silencieux autour d'elle.

Dès qu'elle me vit, la biche, très digne se redressa, sécha ses larmes et me souhaita la bienvenue. J'étais fort embarrassé, je ne voulais pas faire allusion aux larmes que je n'aurais pas dû voir, en même temps je souhaitais la consoler. Je me décidai pour une question neutre : « Puis-je faire quelque chose pour vous ? »

Elle me confia au milieu de sanglots qu'elle venait de perdre son mari. Son cerf chéri avait été abattu par de lâches chasseurs qui lui avaient tiré dans le dos. Elle me déclara qu'elle souhaitait en finir, rejoindre son cerf bien-aimé.

« Vous n'avez pas, par hasard, un glaive sur vous ? » me demanda-t-elle.

Puis, après un regard sur ses petits :

« Non je n'ai pas le droit, ils n'ont déjà plus de père », dit-elle.

J'eus de la peine à contenir mes larmes en regardant les bichons qui batifolaient, inconscients de la tragédie. J'étais très partagé, je voulais en même temps aller venger le cerf et aider cette mère courageuse.

Venger le cerf c'était affronter les chasseurs, cela était au-delà de mes forces. Je choisis d'aider la veuve. Je lui léchai ses larmes puis j'allai bichonner les bichons.

La biche, très maîtresse d'elle-même, me proposa avec simplicité des baies. Nous parlâmes de choses et d'autres, du goût des feuilles, du temps, de l'éducation des enfaons…*

Au cours de la conversation, comme je l'appelais chère Madame, elle posa sur moi son regard de biche, et me dit : « Appelez-moi donc Yvonne. »

Je fus troublé. « Quel joli prénom », ne puis-je m'empêcher de dire.

« Et vous ? » demanda-t-elle.

« Je m'appelle Augustin, Augustin Meaulnes pour vous servir. »

« On vous appellera Tintin, c'est plus facile à retenir pour les enfaons. »

* Augustin est toujours nul en orthographe.

La courageuse veuve trouvait encore le courage de plaisanter.

Comme le jour déclinait et que la nuit allait bientôt étendre sur la forêt son manteau de velours pailleté d'étoiles d'argent, elle me proposa de passer la nuit chez eux.

Je me demandai si c'était bien correct, le jour même de la mort de son mari. Je lui en fis la remarque, elle me rassura immédiatement : « En tout bien tout honneur », dit-elle.

Les bichons, qui sautillonnaient autour de moi, répétaient : « Reste avec nous Tintin, reste avec nous Tintin. » Ils finirent par me convaincre.

Je l'ai aidée à préparer le repas des petits. Nous avons épluché des haricots verts, leur plat préféré, qu'elle sert sans steak haché. Elle est férocement végétarienne.

Elle prétend que si les mamans loups donnaient plus de haricots verts à leurs louveteaux, ils n'auraient plus envie de viande et ils ne deviendraient pas carnivores. Les forêts seraient plus sûres et le Petit Chaperon rouge aurait pu devenir centenaire.

La nuit ne fut pas très bonne, je fus piqué par les moustiques.

Le lendemain, j'aidai la biche pour les formalités. Comme il est difficile, avec un sabot, de tenir un porte-plume, je rédigeai moi-même le texte du faire-part de décès. Nous décidâmes d'un commun accord de ne pas en envoyer aux chasseurs.

Dans la journée, un personnage très vieille France a demandé à voir Yvonne. Il s'agissait d'un chasseur, un de ceux qui avaient tué son cerf. Il venait présenter ses condoléances.

Comme quoi les chasseurs ne sont pas tous des gros cons, certains ont du savoir-vivre... et du cœur...

Je sentais chez elle une véritable inquiétude au sujet de l'éducation de ses enfants. Elle ne cessait de répéter : « Ils n'ont plus de père, que vont-ils devenir ? Les enfaons ont besoin de l'autorité d'un père, sinon ils tournent mal et plus tard ils brûlent des diligences. »

Puis, sans façon, elle posa sa tête tiède sur mon épaule et me dit : « Souvenez-vous Tintin, hier, quand nous nous sommes vus, vous m'avez dit : "Que puis-je faire pour vous ?" Je n'ai pas répondu, j'étais trop émue. Maintenant je sais vous répondre : adoptez mes faons. »

La décision était difficile à prendre, je suis encore jeune, c'est une responsabilité énorme d'élever des enfaons, surtout ceux des autres.

J'acceptai néanmoins et le lui dis. Folle de joie et très primesautière elle plaqua alors son mufle humide sur ma bouche en feu. Ce fut comme le paradis. Une musique éclata dans le ciel, c'était comme si Richard Clayderman, André Rieux et Bocelli s'étaient unis pour fêter l'événement. J'étais embrasé de partout. Mon petit robinet était aussi de la fête, il se sentit tout à coup à l'étroit dans mon caleçon trop large.

Vous savez tout maintenant, cher docteur. Je viens de prendre un engagement solennel et grave et je compte sur vous pour m'aider à le respecter. J'ai maintenant charge d'âme, mais ma situation actuelle ne me permet pas de subvenir aux besoins de ma nouvelle famille. Aussi, j'ai une requête à vous présenter. Auriez-vous l'obligeance de nous loger, le temps que je trouve une solution ?

Dans l'attente d'une réponse favorable, je vous prie de croire, cher docteur, à mes sentiments filiaux.

Vôtre, Augustin Meaulnes

À la fin de l'histoire, le médecin avait les larmes aux yeux.

Il décide d'aider Augustin et ouvre les portes de son établissement. Ce qui ne sera pas sans poser quelques problèmes.

Pendant la nuit, la biche Yvonne a mangé le rosier de la cour d'honneur.

La pelouse est dans un état innommable. Pelée, remplie de trous, elle est couverte de crottes de biche.

Hier on a retrouvé un faon à l'infirmerie, il dormait sur la table d'examen.

Augustin refuse de manger de la viande, il ne veut que de la verdure. La seule vue d'un bifsteck lui met les larmes aux yeux.

Il broute parfois la pelouse.

Il passe ses journées à batifoler sur la pelouse avec la biche et ses petits faons.

Le médecin chef trouve l'état d'Augustin préoccupant. Il a beaucoup changé, il ne se lave plus, il ne se rase plus, il a le visage couvert de poils, il refuse de mettre des chaussures, il circule pieds nus et il a de plus en plus une forte odeur de gibier.

Les visites ont été interdites. Il ne faut pas que sa mère le voie dans cet état. Le spectacle peut être fatal à la pauvre femme.

Poème écrit par le Grand Meaulnes pendant son séjour à l'asile de Vierzon

Je suis ton cerf, cerf, cerf,
Serre-moi, serre-moi fort.
Tâte mes andouillers
Vois comme ils sont durs.
Comme mon andouillette
Et sous les frondaisons, chiche
Faisons des bichons, ma biche.

Mardi 15 mai

Hier, nous sommes passés près d'un drame. La biche Yvonne qui folâtrait dans le parc s'est approchée du bâtiment de la direction. Il n'y avait personne. Elle est entrée dans le hall et elle a vu, accroché au mur au-dessus de la porte, un trophée de chasse, les bois d'un cerf.

Elle a prétendu que c'étaient les andouillers de son mari, elle a eu une crise de nerfs.

On dut faire venir Augustin pour la calmer. Elle n'a rien voulu entendre. Écœurée, elle est partie vomir dans l'étang que le soleil couchant empourpre.

Lundi 28 mai

Le traitement prescrit par le médecin chef pour soigner Augustin et le convaincre qu'il n'est pas un cerf risque d'être long.

Après des potions qui n'ont eu aucun résultat, le médecin a entrepris une psychothérapie.

Lors du dernier entretien Augustin a accepté de répéter plusieurs fois, d'abord avec le médecin puis tout seul : « Non je ne suis pas un cerf, je suis un homme. »

Mais avec lui rien n'est jamais définitivement acquis, ainsi qu'en témoigne cette dernière anecdote.

Le lendemain du jour où Augustin a reconnu qu'il n'était pas un cerf, le médecin le voit arriver haletant.

Il se cache sous le bureau. Le médecin le calme et lui demande la raison de sa frayeur. Augustin prétend qu'il est poursuivi par des chasseurs. Le médecin lui rappelle sa déclaration de la veille : « Vous savez bien que vous n'êtes pas un cerf, vous n'avez rien à craindre des chasseurs. »

Augustin fait cette étonnante réponse : « Moi, je sais maintenant que je ne suis plus un cerf, mais les chasseurs, est-ce qu'ils le savent* ? »

* Cette formule passera à la postérité. Elle est couramment utilisée comme chute dans les histoires de fou.

Samedi 2 juin

Augustin est guéri, enfin presque. Le médecin a signé le bon de sortie définitif.

Avant le retour à la maison, il a voulu nous voir, ma mère et moi, pour nous donner quelques consignes.

Augustin va mieux mais il est encore faible de la tête, il va falloir faire attention, une rechute est toujours possible.

Le médecin nous a déclaré que les maladies de la tête, comme le romantisme, ne guérissent jamais totalement. Le patient reste fragile.

L'alcool et toutes les boissons alcoolisées sont interdits.

Augustin doit réapprendre à manger de la viande. Commencer par des volailles, il faut lui redonner le goût du blanc de poulet. Au début les viandes seront hachées et mélangées à des légumes.

Pas de gibier tout de suite.

Il serait souhaitable de l'éloigner de la campagne pendant la période de la chasse.

Il ne faut jamais faire allusion à son internement. Il ne faut jamais le laisser rêvasser. Il ne faut pas lui laisser écouter du Chopin et surtout pas de cor de chasse. Remplacer par du Bach.

Il doit pratiquer beaucoup d'activités physiques. Le médecin nous a dit : « Il faut fatiguer la bête. »

Mercredi 6 juin

Augustin est revenu définitivement à la maison. Il a beaucoup changé.

Il a grandi et il a grossi à l'asile. C'est maintenant un colosse.

Il a les cheveux ras. On a dû lui raser la tête, il avait attrapé des poux. Peut-être un cadeau d'Yvonne et de ses bichons.

Il est beaucoup plus calme, à la limite ennuyeux. Parfois je regrette l'Augustin d'avant. Certainement il était méchant mais au moins il était marrant.

Maintenant il passe son temps devant la télévision, à regarder la vie des animaux.

Un an plus tard

Juin 1917

Voilà maintenant une année qu'Augustin est sorti de l'asile. Il mène une vie normale, simplement le médecin lui a donné des gouttes. Il les prend consciencieusement tous les soirs.

Pour savoir si Augustin est définitivement guéri et s'il peut arrêter les gouttes, le médecin a voulu tenter une expérience. Il a demandé à notre mère de le conduire dans le domaine où se trouve, en pension, la biche Yvonne. Pour voir ses réactions.

Nous sommes partis un matin, un peu tendus.

La biche Yvonne, qui n'avait vraisemblablement rien oublié, s'est précipitée au-devant de lui accompagnée de ses jeunes bichettes et de ses daguets.

Elle a bien vieilli, sa silhouette s'est épaissie et de nombreux poils blancs parsèment sa robe.

Comment va réagir Augustin ?

Nous l'observons avec un peu d'inquiétude. Ne va-t-il pas à nouveau se prendre pour un cerf ?

Il n'a pas un regard pour elle, apparemment il ne l'a pas reconnue. L'expérience est concluante. En revanche il ne quitte pas du regard une bichette, certainement une fille d'Yvonne, qui caracole et lui fait des yeux de biche.

La biche Yvonne a vu son manège. Elle sort un mouchoir de son sac et, discrètement, tourne la tête, pour pleurer.

Notre mère dissipe le malaise en déclarant : « Il est temps d'aller déjeuner. » Elle a retenu une table à l'Auberge de la Forêt.

Le repas est agréable, on peut cette fois dire qu'Augustin est définitivement guéri : comme plat, il a pris du gigot de biche.

Septembre 1917

Augustin est redevenu méchant, comme avant.

Il me fait encore plus peur maintenant, parce qu'il est plus costaud.

Il a une nouvelle habitude. Au lieu de se battre avec ses poings, il se bat avec sa tête.

Il n'hésite pas à donner des coups de boule, en toute occasion, comme s'il avait des cornes.

15 août 1917

Il fait très lourd. Derrière le ciel de plomb se prépare un orage.

Nous passons près de l'étang malsain. Le vent qui remue les saules est tiède. Quoiqu'en sueur, je ne suis pas très chaud pour me baigner. Augustin y tient au contraire, il insiste pour que je me baigne avec lui.

Il me récite un petit poème de sa composition.

« *L'onde est fraîche, viens donc faire trempette à ton andouillette…* »

Il se met en caleçon et se jette dans l'eau. Quand le Grand Meaulnes a une idée dans la tête il ne l'a pas ailleurs, il vaut mieux ne pas le contrarier. Pour avoir la paix, je cède.

Augustin veut m'entraîner au milieu de l'étang, là où l'eau est épaisse et noire. Je ne veux pas y aller. Je nage très moyennement et, prudent, je reste toujours là où j'ai pied.

Augustin me fait des grands signes avec les bras, il prétend que là où il est, il a pied. Je finis par le rejoindre. Je n'ai plus pied, il m'a menti. Je suis pris de panique, je me débats, je remue mes bras et mes jambes de façon désordonnée.

Augustin s'approche de moi avec une expression étrange, ses yeux jettent des éclairs noirs, il met ses mains sur mes épaules et pèse de tout son poids.

Je m'enfonce...

Samedi 16 août, le matin

J'ouvre les yeux, je suis couché dans notre chambre. Maman est à mes côtés avec le docteur, Augustin me regarde, l'air faussement attristé.

Maman est grave. « Tu peux dire merci à ton frère. Sans lui, mon pauvre enfant, tu ne serais plus de ce monde. »

Je ne comprends pas bien tout de suite. Je regarde Augustin, il a son expression faux cul. La lumière se fait dans mon esprit. Non seulement il a voulu me noyer, mais il a convaincu notre mère qu'il m'avait sauvé. Elle croit toujours ce qu'il raconte.

Notre mère raccompagne le médecin. Augustin reste dans la chambre, il s'approche du lit, il me pince très fort le bras à travers les draps et me dit : « Tu ne perds rien pour attendre ». Il sort.

Mon propre frère souhaite ma mort. J'ai peur.

Il va recommencer, il va trouver quelque chose. Il finira bien par réussir. Déjà, à deux ans, il voulait me tuer avec une casserole.

Je suis en danger, ma vie va devenir un cauchemar, je ne vais plus oser dormir dans la même chambre qu'Augustin, il va essayer de m'étouffer pendant mon sommeil.

Qu'est-ce que je peux faire ? Je n'ai personne à qui me confier. Je me vois mal dire à ma mère : « Maman, Augustin veut me tuer. » Elle me donnerait une gifle en me disant : « Antoine, tu es un gros ingrat. »

Samedi 30 août 1917

Hier j'ai failli mourir.

Augustin avait mis des petits morceaux de verre dans mon bol de lait.

Heureusement, avant de boire, grâce à un rayon de soleil, je les ai vus briller.

Il faut que je parte avant qu'il ne soit trop tard.

Dimanche 31 août, le matin

Je me suis sauvé dans la nuit, c'est mieux pour tout le monde.

On dira : le Petit Meaulnes a disparu.

Je suis sûr qu'on ne préviendra même pas les gendarmes.

De peur qu'on me retrouve.

Trente ans après…

Août 1947

Je viens de recevoir un télégramme d'Augustin. Notre mère est morte.

Toute l'enfance, que je croyais définitivement enfouie, remonte à la surface, comme la boue au fond d'un étang malsain.

J'avais juré de disparaître définitivement, aujourd'hui j'ai envie de retourner là-bas, pour voir.

Qu'est-ce que je vais retrouver ? Est-ce qu'Augustin a toujours envie que je disparaisse ? Certainement pas. Maintenant qu'il a réussi, il n'a plus rien à craindre de moi.

Le village n'a pas changé, la maison non plus.

Des gens habillés en noir, graves et silencieux, avec parfois un bouquet de fleurs, entrent et sortent. Je me mêle aux visiteurs, je pénètre dans la maison. Personne ne me reconnaît.

Je retrouve le papier peint du couloir avec ses grosses fleurs, le tableau avec une vue des Alpes.

Devant le cercueil, une nuque épaisse et moite qui déborde d'un col glacé. Plus haut, un crâne fort dégarni.

Soudain le crâne se retourne. Un visage de notable de campagne apparaît en gros plan, Augustin.

Le Grand Meaulnes est chauve. Le Grand Meaulnes a des bajoues. Le Grand Meaulnes a une dent en or. Le Grand Meaulnes a le regard éteint, les paupières molles. Le Grand Meaulnes a un costume trois pièces. Le Grand Meaulnes est bedonnant.

Une petite femme boulotte, en noir, lui parle à l'oreille, certainement sa femme, celle à qui il doit dire ma biche.

Le gros Meaulnes m'a reconnu. Il s'approche, il me prend dans ses bras. Il sent l'alcool, il me serre à m'étouffer, je sens son gros ventre mou. Il me lâche enfin. Sauvé.

Il pleure, moi pas. C'est terrible, j'ai plutôt envie de rire.

Une fois encore, il aurait gagné au test du buvard. Où a-t-il caché son oignon ?

Le lendemain

L'enterrement a été vite expédié.

Après la cérémonie Augustin a voulu que je l'accompagne chez lui.

Sa maison est moderne, cossue. Sur la plaque de cuivre gravée, on peut lire « AUGUSTIN MEAULNES ASSURANCES TOUTES BRANCHES. »

Le Grand Meaulnes n'aime plus les risques. Il est définitivement guéri de son romantisme. Lui qui rêvait du grand bonheur, maintenant il se contente de peu.

La salle à manger en merisier massif, est massive. Dans le salon, le canapé et les fauteuils sont en cuir pleine peau. Il y a des petites tables en tutu, couvertes de bibelots mignards. Sur le papier peint façon velours de Gênes, sont accrochés des tableaux pas très beaux, la tapisserie de la dame à la licorne, des glaces dorées à l'or fin, des casseroles en cuivre, des trophées de chasse.

Ça brille et c'est moche.

Sa femme, qu'il appelle Yvonne, est une très bonne ménagère mais elle a un goût de chiottes.

Augustin s'en fout, il s'occupe de ses affaires, de sa cave, de ses fusils.

Il a pris sur le tard la passion de la chasse. Chaque dimanche il va assassiner quelques cervidés, histoire de régler des comptes avec sa jeunesse.

Il a une fille, une survivante des oreillons du papa. Elle est lourde et pâle, comme une endive, elle ressemble à son père. Ils l'ont appelée Ophélie. Elle fait des études dans une école de commerce.

Le repas est banal et long. Augustin a la délicatesse de me proposer le blanc du poulet. Il parle beaucoup, de lui surtout.

Il ne demande même pas ce que je fais, ce que je deviens.

Après le repas, les alcools et les cigares. Sa femme veut l'en empêcher, ce n'est pas bon pour lui, le médecin le lui a interdit. Il a eu un accident cardiaque. Il a failli mourir à cause d'un tuyau bouché. Le comble pour celui qui voulait toujours déboucher les éviers.

Il se ressert un verre d'eau-de-vie de prune. Il décide une petite promenade, pour revoir les lieux de notre enfance.

Nous sommes retournés à la maison. Il a ouvert le piano, j'ai peur qu'il se mette à jouer. Il a dû le sentir, il l'a refermé tout de suite.

Notre chambre est toujours pareille, avec nos deux lits. Je revois Augustin en caleçon en train de me réciter un poème.

Maintenant qu'il est riche, il doit porter des slips Kangourou. Et son petit robinet, est-ce qu'il a grandi ? Il ne doit plus le voir à cause de son gros ventre.

Est-ce qu'il s'en sert encore ? Il m'a dit qu'il avait une maîtresse, elle s'appelle Valentine.

Notre mère avait gardé le coffre à jouets, j'ai revu mon ours borgne et sa biche sans queue.

Augustin veut bien s'occuper de vendre la maison, il gardera les meubles pour se dédommager de sa peine.

Il a voulu me faire monter en haut du village pour contempler son domaine. Il m'a montré tous ses terrains. Il les a achetés à bon prix, c'étaient des terrains agricoles. Comme il est maire, il a beaucoup de relations en haut lieu, il va les revendre comme terrain à bâtir, dix fois plus cher.

Il a surtout un grand projet, l'œuvre de sa vie, c'est sa fille Ophélie qui en a eu l'idée. Ils vont créer ensemble une chaîne de magasins qui s'appellera « AU GRAND MEAULNES ». Des magasins de vêtements pour homme, comme « AU PIGEON VOYAGEUR », « AU SOLDAT LABOUREUR », en plus chic.

L'affaire se présente bien. Ophélie a contacté des banquiers, des fabricants, des couturiers. Tous ont l'air enthousiastes. Ils trouvent le nom « Grand Meaulnes » très porteur.

Il s'agira d'une collection de vêtements haut de gamme, sport mais chic, style gentleman-farmer, avec des étoffes nobles, des velours, des tweeds anglais… toujours avec une touche romantique.

« Qu'est-ce que tu en penses ? » me demande-t-il.

Je n'en pense rien. Là où on en est… Alors Augustin rame, il fait de la surenchère, il me fait des propositions : « Si ça marche, on va avoir besoin de monde. Tu pourras venir travailler avec nous, faire la comptabilité, toi qui as toujours été fort en maths. De toute façon, on en reparlera, j'ai besoin de ta signature pour l'utilisation commerciale du nom Meaulnes. Tu es d'accord bien sûr ? » Il m'a demandé ça avec un gras sourire d'épicier.

Je n'écoute plus ce qu'il dit. Je pars en avant, j'ai la nausée.

Nous passons le long de l'étang malsain. Est-ce qu'il se souvient ?

Moi, très bien.

Augustin a en projet une résidence au bord de l'étang, il va faire couper tous les saules. Il l'appellera « la Résidence des Saules », en mémoire des saules.

On est très près de l'eau, il faut faire attention, le chemin est boueux et glissant.

Il me suit en soufflant, il ne doit plus savoir nager, surtout avec tout ce qu'il a bu à table, avec son costume trois pièces et son lourd manteau en cuir…

Je le pousse dans l'étang.

J'entends derrière moi un gros plouf, des gargouillis, des glouglous, des clapotis.

Puis plus rien.

Je pars sans me retourner, léger. Maman ne peut plus me punir.

Le corps fut retrouvé quelques jours plus tard par un pêcheur. Il flottait à la surface, le ventre à l'air comme un poisson mort. Énorme et tout gonflé d'eau.

Il est plus gros mort que vivant, le Grand Meaulnes.

Dans la grosse tête du Grand Meaulnes on a trouvé :

Un buste de Frédéric Chopin
Un poème de Henri de Régnier
Un costume de dandy romantique
Un lutrin
Une lanterne vénitienne
Un luth aux cordes cassées
Un candélabre
Une armure du Moyen Âge
Un glaive
Une plume de paon
Une biche empaillée
Un Pierrot blafard
Un pot de vaseline
Un coffret d'acajou rempli de fiente de pigeon séchée

Un flacon de cristal rempli de larmes

Et quelques oignons pour pleurer quand il n'y a pas de raison…

TABLE DES MATIÈRES

Ouvrage mis en page en Aster
par Dominique Guillaumin, Paris

Achevé d'imprimer en janvier 2003
sur presse Cameron
par ***Bussière Camedan Imprimeries***
à Saint-Amand-Montrond (Cher)
pour le compte des Éditions Stock
31, rue de Fleurus, 75006 Paris

54-02-5536/5

N° d'Édition : 25513. — N° d'Impression : 030212/1.
Dépôt légal : février 2003.

Imprimé en France

ISBN 2-234-05536-9